La señora pata estaba muy contenta incubando sus huevos y pensando en los simpáticos y gorditos patitos que pronto tendría.

A los pocos días nacieron unos patitos muy bonitos, bueno... excepto uno, tan feo, que hacía reír a todo el corral.

Aquel patito no se parecía en nada a los demás. Sus hermanitos no querían jugar con él y su madre lo rechazaba.

Él se sentía muy triste y solito. Dolido, se marchó
de donde nadie le quería. Ya encontraría donde
vivir lejos de allí.

Anduvo horas y horas, estaba muy cansado y se durmió junto a un río. Ahora sí que estaba tranquilo, nadie le molestaba.

Al día siguiente, cuando se despertó, un grupo de patos lo llamaba y, muy contento de verse aceptado, se quedó a vivir con ellos.

Durante un tiempo lo pasó muy bien, hasta que

un día unos cazadores les sorprendieron y

mataron a sus amigos.

El patito feo se había escondido y, temblando de miedo, pensó: «Ya me he vuelto a quedar solo, tendré que continuar mi camino».

Andando, andando llegó hasta una casita donde una viejecita lo acogió pensando que era una patita y pondría huevos.

La vieja, harta de esperar, dijo: —Esta patita no sabe poner huevos, mejor será que la mate y me la coma.

¡Menudo susto!, por suerte el patito lo oyó todo y tuvo tiempo de huir por la ventana. Afuera había llegado el invierno y nevaba.

—¿Adónde iré ahora? —decía el patito temblando.

Tuvo la suerte de que un campesino, al verlo

muerto de frío, lo acogiera en su casa.

Los hijos del campesino no tenían buenas intenciones y tuvo que marcharse pues corría el riesgo de morir estrangulado en sus manos.

Entrada la primavera, vio unos hermosos cisnes
en el lago. Se acercó y con gran sorpresa com-
probó que lo trataban como a uno más del grupo.

Reflejado en el agua ya no vio un patito feo sino a un precioso cisne. ¡Con qué alegría se puso a nadar junto a los demás!

Jamás supo cómo un huevo de cisne fue a parar
con unos patos, pero ya no importaba, porque
había encontrado a los suyos y era feliz, ¡muy feliz!